詩集

寿歌(ほぎうた)くずし

みくちけんすけ

土曜美術社出版販売

詩集　寿歌（ほぎうた）くずし＊目次

詩集　寿歌(ほぎうた)くずし

I

ほたる

ウツギの花が
闇を白く染めている
あたりの草むらは
ヘイケボタルの星宿
一匹が思い切って
飛び立つ
迷わないひかりを
灯して

黄落

ちかくの木立から
それとも空のかなたから
きいろい葉っぱが舞ってくる
くるくる吹かれておちてくる
色調のない家の
ぽつんと一人いる部屋
ことしも四分の三おわって
ここからは落日が
見えない

うし一頭

うし一頭　あかねの丘を
ゆっくり下りる
群れはまえを行って
外されたのではない
おいてゆかれたのでもない
ただ　遅れているだけ

うし一頭　群れからすこし離れ
くさの大地に匍匐して

ちいさなうごきに眼をこらす
視線のさきのちいさないのち
いつしか溶けあいからみあい
翅がはえて空へ舞う

うし一頭　反芻をくりかえす
吸収がおそいぶん丹念に
経てきた時間を反芻する
肌にあたる風とひかりを反芻する
どうしようもない運命を反芻する
じぶんじしんを反芻する

うし一頭　群れのうしろから
暮色せまる牧舎にかえる

あたらしい敷藁はかたく
うつうつといらいらと
寝つかれない夜へ
声をださず咆哮する

沈丁花

沈丁花が匂っている
枯葉にうずもれた庭に
あわいひざしがとまったまま
家には人がいないので
花のかおりはとまどっている

とんでいった鳥をおって
むちゅうで家をでてきた
こころのスケッチブックだけを

だいすきな手提げにいれて
あっちの森で鳥がよんでいる

どこからきたの　わからない
どこへゆくの　とりのもりへ
どうしてきたの　ふあんだから
まわりのものが　みんなきえていって
ひとりは　こわくて　さみしくて
いつだったかな
スケッチの場所をさがして
森をあるいて腰をおろして
鳥のさえずりをきいて
そこをみつけに　それがゆきさき

もう人は帰ってこない
風のふかないあれ庭の
こどくのかおりの沈丁花
ときがゆっくりとながれてゆく
門は閉ざされている

渡り廊下

長い渡り廊下を
むこうから一人
しずかに真っ直ぐに
歩いてくる

芽ぶきの梢を
さわがせて
かぜが吹きぬける
足もとはゆれない

板敷の廊下は
白い一筋のみち
右に左にかたよらず
ひたすら視線を先へ

黙々とちかづいてくる
ことばは無限だから
こころのうちで
はばたいていよう

すれちがって
会釈もしない
誰かもしらない

人の香りを漂わせて

（奥能登の寺院で）

波紋

植物園から

波紋が
あとからあとから
水際の手さきを浸すまで
よせてくる

万葉の散歩みち
古歌をちらした
植物のあいだを

人の気配をなだめて歩く
池がひろがり
カリスマ性のない
噴水塔がみずを実直に
ふきあげている
みずは水面におちて
輪になりしだいに
おおきく成長する
佇む人の年輪のように

これまでの
よかったことも
わるかったことも
溶かすこと捨てること

それで生きるのが
平和ってことじゃない
まず強いものが退く
思ってもむだかな

まのびした案内放送で
気がつく
紅葉にはまだはやい
こんもり緑のしじま

さくら

花見にいきたい
さくらのそのぉ
見頃はいつごろ
さあねことしの春は
暖かくて寒くって
雨ふって風ふいて
さくらのことは
お天気に聞いてよ

ひねくれてはみたものの
うきうき陽気に腰のばし
不安定なあしもと活いれて
ひがしやまの裏山へ
満開の花あおぎみて
木の一本一本は淋しいな
花弁のベンチにもたれて
しょせんは孤独なんだよね

きさまとおれとは同期の桜
戦争の歌にあやつられ
革命の歌にまどわされ
高度成長かやのそと
家庭ファースト守ったが

されどついに花咲かず
しかしこころのうちの
実は熟れる年とともに

斜光にしずむ花のかげ
ゆううつの刻もののけの刻
逢魔が時のむなしさは
月のでしおに消えるもの
夜のさくらも風情だが
いいかげんにして
草臥れないうち
退散たいさん

いいあんばいに

水はけのわるい横断歩道
八艘飛びというわけにはいかない
ためらいながら足場をさがす
ちかいようで遠いむこうがわ

つかいなれた広辞苑にはない
降りようという雨がやんで
舗道をながれる水のはやいこと
どろんこみちは昔語りよ

ひとつの世紀を生きて
もうひとつの世紀に息をして
めぐりあったことのない暑さを
ことしもひしと体感して

七回忌で師の墓参をして
三回忌で先輩の遺品を受け継いで
すぎていったものたちを憶って
まわりに熱中症の心配をかけながら

きのうが足早くとおのいて
あと十年はないであろう命
まだまだ未知という奴が

めずらし顔してやってくる
むりしちゃだめの忠告も
病院の予約というしがらみで
思いきって家をでたが
いいあんばいに晴れてきた

Ⅱ

山のとおくを

かかりつけの内科が閉院
このふゆコロナのまんえんがあったら
患者にじゅうぶんむきあえない
じぶんの体調をかんがえて
淡々と老医師はつぶやくように話す
さいごの診察がすんで
医院をあとにゆっくり坂をくだる
金木犀の香りがただよう

花のにおいを風がはこんで
終曲にちかい五体をながれ
もうのぼらない坂をおりてゆく
脚がゆらぎ立ちどまり空をみる
あの雲の行く果ては
霧散か輪廻か人の世とおなじ呼吸か
生死のほどがごっちゃになって
レトリックではおさまらない

年下の老医のリタイヤで
支えのひとつがなくなって
いやいや　生きる過程のひとつ
ホームセンターに寄って家にかえって
ソファに身をくずして

読みさしの山歩きの本に浸って
山のとおくを想いながら

空

空にぷっかり気球がういて
どこから　どこのだ
ひるのワイドナショーは
いっときからさわぎ
それでおしまい空のうわさ

湿気換気で窓あけて
あじさいしみる風いれて
団地サイズの空をみて

ぱたぱた大気の襞さいて
飛びさるヘリをちらとみて

まっさらな瞳で眺めた
はるかに広い空
青のふかさに吸引されて音はない
大きな物体に小さな物体が
つっこみともに静寂の空間にきえた

記憶のごちゃごちゃ整理中
ほこりはらってむかしの空
せいじつな時代よみがえる
そうそういつも凄惨のまえは
よのなかへいわだったのさ

馴染んだカップをだして
香りのよい紅茶を淹れて
熱い湯気がたちのぼって
空にとけるか雲になるか
きままな自粛の日々

追記　白い気球は、ほんとは赤いろで、ポカン
　　とながめる顔を写していき、あの国は、ポカン
　　とした国だったと報告したんだよキット。

眸

みどりが好きなのですね
雑木林を眺める眸が
あんなに生き生きして
ケアスタッフがささやく
そう　でも　たぶん
こころのスクリーンには
林のむこう遥か彼方の
桑の木畑のふるさとが
巻き戻されているのでしょうね

いろんなことに出会って
いろんなことが消えて
農業　戦争　災害　就職
結婚　育児　身辺トラブル
知識も経験も魔術のように消えて
連れ添った者だけは認識
血色がよく手先はつめたい
ことばにならない会話をする
高齢者ケア施設のリアリティ

見て！　北アルプスがこんなに迫って
反対の稜線はスガダイラ
眼の下にちいさくひかるサイ川

私とあなたは山の畑の際に立って
天空の微風をうけている

みどりが好きなのですね
眺める眸が生き生きして
ケアスタッフがいう

………

元気だった？
顔つやつやしている
………
頭カットしてさっぱりしたね
………
握った手あったかいよ
………
絡めた指にちからを感じる

シールドが邪魔して
はなしがままならない
コロナ対策万全の面会室
こころがとけあわない間に
みじかい時間がすぎてしまう
つたわらない焦燥をしずめて
ただ見つめほほえむ
そう自分へのなぐさめに

ふるさとがよんでいる
シモナガイの桑畑が
なつかしい山の家が
しきりに招いている
うつつと夢のあわいに

ほかに何もいらない
老人施設の窓辺

ブッダのさいごのことば
この世はあまく美しい
むかしのことさっきのこと
そっくりおぼえがない
いいのさ　誠実に生きたのだから
また来るよ　元気でね
………

あしたのことは

空耳かしら
チュールリーチュリ
たしかにきいた
チュールリーチュリ
きんぞく音ではないの？
いいやちがうよ
いのちのリズムさ
ジュエリーの囀りが
そとからきこえる

まどをあけたら　いない
とんでいったんだよ
きっと

いろんな音に
とりかこまれた
ひっそりしずかな
高齢者団地の窓に
小鳥がきて鳴くなんて
きせきだね　童画だよ
ときいろの希望だね
白いかべに思考がとけてゆく
ニュースは朝からいやだね
欲も戦争も人間のＤＮＡ

なまじな願いじゃなくならない
おかげさんで　きょう
という日をつつがなくぼけて
あすの天気は
たぶん

ほんとにほんと
ほんとうはうそ
そのうそほんと
ゆびきりげんまん
うそついてミサイル千発発射
おどし艦隊海峡をゆく
くろしおがくねる
ちきゅうがゆれる

はんぱじゃない雨がふる
おんだんかなんですか
あつくてさむいかぜがふき
人がかろやかにデジタル化して
いったいこの先どうなるの
諸行無常さあそのあとは
ありのまま

なすままなるまま
ひざしがすべる
なったのはきんぞく音
鳴いたのは小鳥の声
せんさくはしなくていい
むろんろんりじゃないからね

一つの命がはばたいて
むげんの青へとんでゆく
いしゃ行ってかいもの行って
やることなけりゃ空想している
白く四角いマイ方丈
だめですあぶない気をつけて
あのぉ自由ってなんでしょうね
あしたのことは
さあねぇ

Ⅲ

堀切

小さな駅の改札口をでると
すぐ目のまえが堤防で
あしもとを気にしながら
傾斜をのぼる
おおきな川がゆったり流れて
はるばるとあかね雲

どこから来たの
なにしに来たの

聞いてくるものはいない
見るかぎりむかしを
よびおこすものはなにもない
自分ひとりの過去を追って
いまここで呆然としている

瞼のうらにうかんでくる
ちび草いちめんの土手は
少年時代のぼうけん天国
夕方はコウモリが飛び交い
ヤンマが乱舞した
いちばん星ひかる頃
ようよう家に帰った

やがて風景が緊迫して
堤防に高射砲が据えられ
計画的に家並みが壊された
焼夷弾が無差別に投下された
土手にあがって
都心の火の海をながめた
まだ傍観者の気分が少しあった

となり町が空襲で焼けた
同級生をはげまそうと見舞いにゆく
彼は本を一冊ももちだせなかったと
不敵に笑いしょげていなかった
防空壕にはいると蒸し焼きになる
といって壕にはいらず

類焼に立ち向かう少年たちがいた

夏のさかり不快指数のない暑さ
具のない雑炊の配給にならんだ
焼夷弾攻撃は下火になっていた
工場の風紀が悪く学徒動員をサボって
家でごろごろしていた
空襲警報がなって敵機襲来
不気味なおとが空気を突き破った

轟音がしてはげしい振動
家の壁がくずれた
胆をつぶしたが直撃ではなかった
喉もとすぎると好奇心うずうず

爆心現場の野次馬になった
病気のともだちが気になって
見舞いに走ったが家はからっぽ

物陰からともだちの兄があらわれて
みんな避難したよ
いいもの見せるから着いてきな
すぐ傍の砂地に連れて行かれる
一トン爆弾さ不発弾だよ
不気味な物体の頭部が
砂から突き出ていた

怖さより珍しさがさきで
触ったり踏みつけたりした

工兵隊が爆破させるんだってさ
もうここには住めないな
夕暮れがせまろうとしている
広島に原爆投下の
十日ほどまえのことだった

むかしはむかし
統制のなかの生きていたはなし
ひとつの時代がおわったら
なんでもかんでもひと括り
戦争と空襲がなかったら
おおらかだったね　世の中は

懐かしさ半分と半分は

こころの空白を埋めるため
川風がさわさわと吹く
荒川が隅田川へ
わかれるあたりの
粟粒みたいな地域
堀切

川

百八十度視界がひらけて
とおく山脈がかすんでいる
みわたすかぎり街並み平野
高架をはしるバスは
都心の終着駅めざして
カーブしながら下りてゆく

みぎての窓の下のほうを
川が蛇行している

バスの進行につれて
河川敷がせまってくる
川は過去から未来へ流れている
現在は流域のどの辺かしら

トヨアシハラノチイホアキノ
川に沿った肥沃な土地に
稲をつくる人々が集まって
村がうまれ経済がはじまって
国と都市のそもそも誕生
けれどこのくにに豊にならなんだ

ひとびと多くなりすぎて
もののふつよくなりすぎて

どこか広大な土地がほしくなって
困ったことに島国そだち
維新二世は国際じょうせい
まるでわかっちゃいなかった

痛い目にあってひどい目にあって
それでも燻るヤマトダマシイの燃え滓
焼野原餓えた孤児闇市特攻くずれ
こりゃ負けるはずと認識したのは
アメリカさんの豊富な嗜好品
タバコ、ガムそれとコカ・コーラ

真相こうだアカハタなびく
戦禍を耐えた花は朽ちず

やわではなかった立ち直り
さてこんどは利潤戦争まっしぐら
儲かりまっか一次産業いりまへん
猛烈社員ムリムリまた敗戦

三丁目の夕日というけれど
どこかの街の三丁目
希望という電車のとまる駅
のりおくれたらサア大変
わかるかなわからないだろうな
でも暮らしにくい世の中さ

せめての癒やし愉しみは
シャンソン喫茶で時間をすごし

とりとめのない会話して
大通りの夜店をのぞき
星の夜空をそぞろあるく
尽きないゆめのときでした

チョウセン特需ベトナム特需
どうやら景気が上向いて
中流家庭そうかなぁ
高級志向ショッピング
旅ではない旅行にうかれ
バブル弾けてハイそれまでよ

仕事があってかてぃがある
家庭があってしごとをする

五時から男これにて退散
定年むかえこれからどうする
途方もなく余生はながい
ゆっくり前むき半歩半歩さ

おのれと弱さかくす怒り声
おのれと抑制された自分表現
アクセントひとつで暴にも和にも
この世のことってそういうものさ
用事をすませて高架バスにのって
やっとひといきついたところ

川に沿ってバスは走る
流れはゆるやかな想い出

ふっと我にかえる
我ってだれ我ってなに
年とっても自分を忘れないこと
終点まで駅あといくつ

寿歌（ほぎうた）くずし
―老いとは―

遠浅の波打ち際が
ずうっとつづいている
あるいてきた足跡は
岩鼻をまわったときから
砂地の水にじゃまされて
おおかた消えている

記憶って奴は

想い出のほうがいいか
たどってきた行程を
どれだけ留めているのだろう
ほんとうと思い違いが交叉して
いま在るだけが真実で

経てきた体験を
語ろうとしない木と
聴こうとしない木と
かざむきしだいの木と
まっすぐな枝とくねった枝と
常緑の樹林がうみ沿いにつづく

きょうは何日と聞かれて

とっさなので黙っている
出席予定のはがきは
バッグに入ったまま
記録はあやふやでいつまでも
のこってはいない

百歳の姉と母の年忌のはなし
すでに母親の歳をこえている
時代がわるかったのよ
まっすぐにうたがわずに
おおらかに翔んだ人だったけど
懐かしさは空の彼方でほほえんでいる

にくしんしんせきえんじゃゆうじん

数しれない人を見送って
わが身のことはどうでもいいが
忘れられないおもかげは
ひかりと風にさらさずに
そっと墳墓にしまっておきたい

なにをして生きてきた
おおかた忘れてしまった
なにをして死んでゆく
さあ解る訳ないでしょう
ただゆっくりと食べて寝て
日にいっぺんはポエムタイム

最後の晩餐に食べたいものは

星をいくつかならべても
いまさらないよ　むせるから
しいては信州山家の手打そば
再現できないおふくろの味
ひとりひとりの永遠の味

毎晩きまって夢をみる
昭和のまちを歩いている
ひらたい家並み店屋の灯り
開発まえのまちかど
苦労と不幸を耐えぬいて
懐かしい人たちは屈託がない

がくれきしょくれき

いやな奴しゃくな奴
そうゆう時代もありました
いまは平和で自由でこどくで
ほとけの言葉と聖賢のみち
気力と体力と命がのこるあいだ

とおくなったことば
触れにくくなった声
生きる証だったものたち
いつごろからだったろう
それですべてがおわらなかった
老いという扉が開放された

その家に欲望はない

その部屋に争いはない
その窓に覇権はない
つよい者もよわい者もいない
バリアフリーで刺激がない
ないのもよくない旅へでる

ひとりで行くけど考えこまない
ひとりで行くから鼻歌うたう
ご長寿万歳祝いの歌を
めでたくもなし崩してうたう

どこまでつづく海岸線の
空と雲をながめながら

かぜ

浅黄のかぜが
カーテンをゆらす
気のながれが
独坐のここまで
漂ってくるのを
しずかに百年
待っている

あとがき

　前詩集を米寿記念で出して新しい年代に踏み入り、また詩集をまとめることにしました。すこし早い気もしますが、世阿弥の云う時々の初心で、ただ八十歳の延長ではなく、九十歳代になって詩心を新たにして書きたいと思ったからです。

　老いをテーマにしています。いまや、百歳が長寿とされる時代。しかし私の周囲では同年代、後輩の知人が次々と亡くなっていき、さしずめ生と死の渦中にあるといって良いかと思います。百歳は目の前のようで遠いです。ゆっくり詩を書いて参りたいと思っています。

私は、母親から受け継いだ言葉を、口調を、そのままではいけないから、洗って磨いて、練って詩に仕立てています。それは、日本の古典文学、古典芸能の呼吸に繋がると思います。お読みいただければ幸甚です。

詩集出版にあたり、細やかな心遣いを頂戴した高木祐子氏に感謝致します。

みくちけんすけ

二〇二四年四月

著者略歴

みくちけんすけ（三口謙介）

1932年2月　東京生まれ

詩集『その川』（私家版　2015年4月）
　　『風歌（そえうた）』（土曜美術社出版販売　2019年12月）
エッセイ集『うたい春秋』（書肆花鑢　2020年7月）

個人誌「一声」発行

現住所　〒464-0801　名古屋市千種区星が丘2-50

詩集　寿歌（ほぎうた）くずし

発行　二〇二四年九月十五日

著者　みくちけんすけ
装幀　直井和夫
発行者　高木祐子
発行所　土曜美術社出版販売
〒162-0813　東京都新宿区東五軒町三―一〇
電話　〇三―五二二九―〇七三〇
FAX　〇三―五二二九―〇七三二
振替　〇〇一六〇―九―七五六九〇九
印刷・製本　モリモト印刷
ISBN978-4-8120-2843-8　C0092